8° Z 9629 (4)

Paris
1872

Tardif, Adolphe

Pensions civiles, caisses de retraites et d'assurances sur la vie

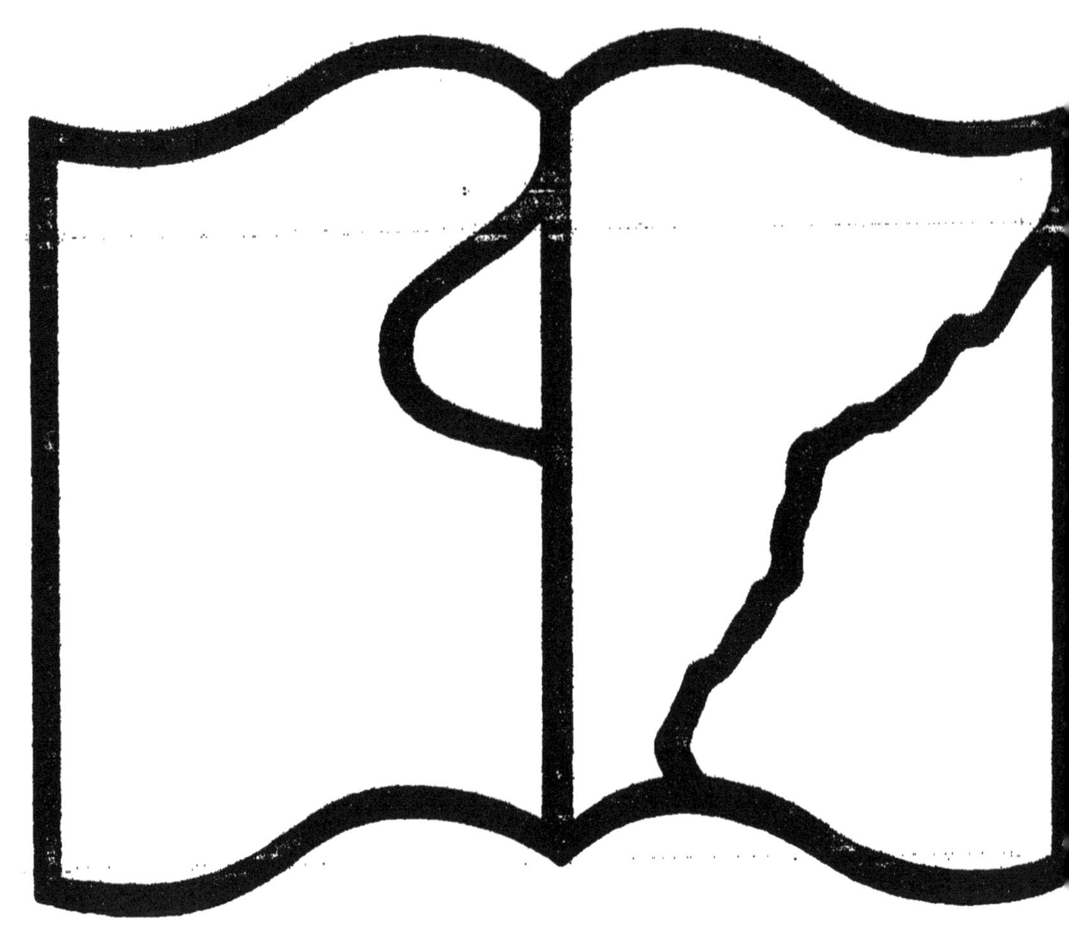

**Symbole applicable
pour tout, ou partie
des documents microfilmés**

Texte détérioré — reliure défectueuse

NF Z 43-120-11

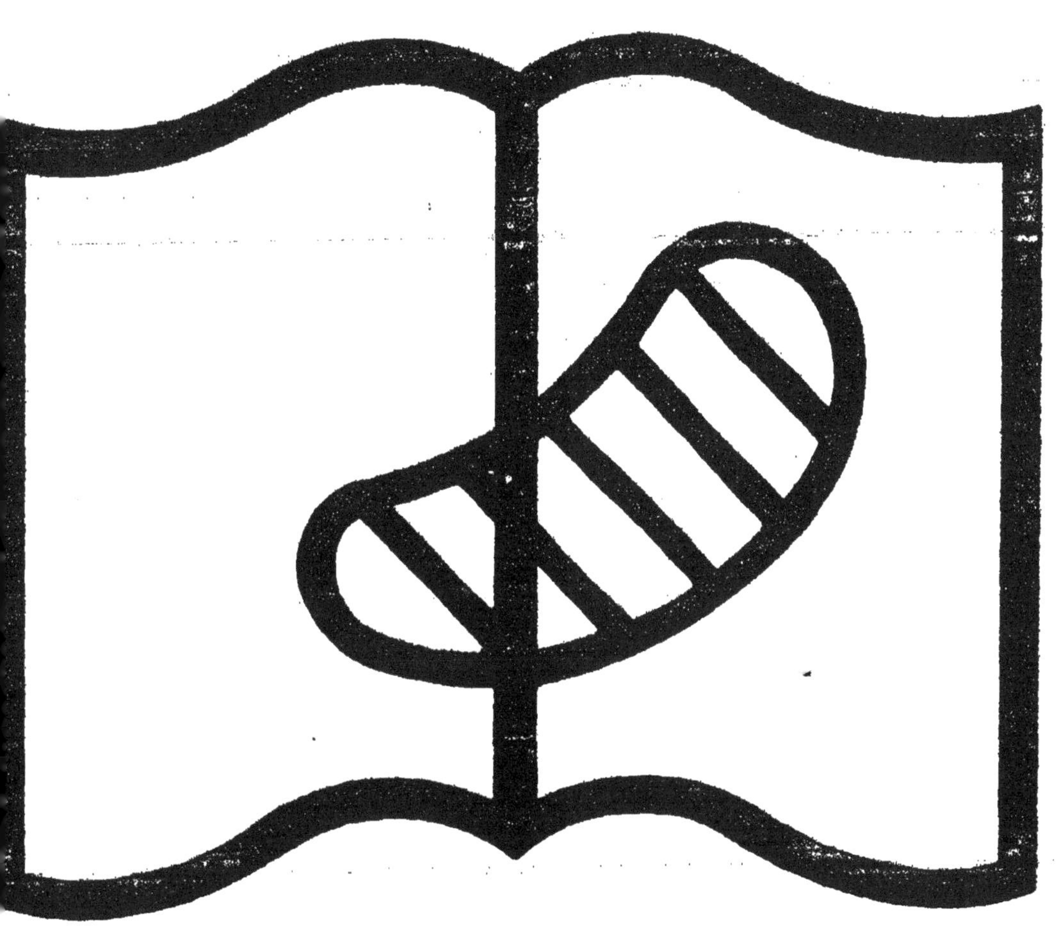

**Symbole applicable
pour tout, ou partie
des documents microfilmés**

Original illisible

NF Z 43-120-10

PENSIONS CIVILES,

CAISSES DE RETRAITES

ET

D'ASSURANCES SUR LA VIE

PAR

ADOLPHE TARDIF

DOCTEUR EN DROIT

PARIS

HENRI PLON, IMPRIMEUR-ÉDITEUR
10, RUE GARANCIÈRE

1872

(4)

PENSIONS CIVILES,

CAISSES DE RETRAITES

ET D'ASSURANCES SUR LA VIE

PARIS. — TYPOGRAPHIE DE HENRI PLON

8, RUE GARANCIÈRE

PENSIONS CIVILES,
CAISSES DE RETRAITES

ET

D'ASSURANCES SUR LA VIE

PAR

ADOLPHE TARDIF

DOCTEUR EN DROIT

PARIS

HENRI PLON, IMPRIMEUR-ÉDITEUR

10, RUE GARANCIÈRE

1872

INTRODUCTION.

La loi du 9 juin 1853 sur les pensions civiles a supprimé les caisses de retraites qui s'étaient successivement organisées dans les administrations centrales ; elle a déclaré leur « *actif acquis à l'État* », et inscrit au Grand Livre de la dette publique toutes les pensions à la charge des caisses supprimées.

Le personnel de ces administrations n'a cessé de protester contre le nouveau régime introduit par cette loi, et de demander tout au moins le retour au régime du décret du 4 juillet 1806, qu'elle abrogeait.

Les historiens de notre législation s'étonnent qu'on ait sitôt oublié le principe posé par la loi du 22 août 1790 comme base du régime des pensions. On disait alors que « l'État devait ré-» compenser les services rendus au corps social, en raison de » leur importance et de leur durée. » — La nouvelle loi des pensions, loin d'assurer des récompenses aux employés, ne leur accorde pas même les avantages qu'ils pourraient aisément obtenir en se chargeant eux-mêmes de placer leurs retenues ; elle n'est en réalité qu'une loi fiscale, une taxe sur le revenu professionnel.

Les hommes d'État voient avec inquiétude l'écart qui se produit entre le chiffre des recettes affectées aux pensions civiles,

— 15 millions en 1869, — et le chiffre toujours croissant des dépenses, — près de 30 millions; — ils redoutent les effets d'une loi qui crée incessamment pour le Trésor public une dette dont on ne peut d'avance calculer les limites.

Les économistes et les administrateurs critiquent vivement un système qui n'établit aucune corrélation entre la retenue et la pension, — ne tient nul compte ni de l'âge ni des services, au delà de certaines limites, et, sans pitié pour les familles des fonctionnaires morts avant le terme fixé, confisque toutes les retenues opérées sur leurs traitements. Ils lui reprochent encore d'entraver la marche de l'administration, en l'obligeant moralement à garder des employés au delà de l'époque où ils ont cessé de lui rendre d'utiles services [1].

Les inconvénients de la loi du 9 juin 1853 sont donc universellement reconnus; et l'on s'accorde également à dire qu'il faut abandonner au plus tôt un système aussi onéreux pour le Trésor public que désastreux pour les fonctionnaires.

Mais la dotation des anciennes caisses des administrations centrales a été absorbée depuis longtemps par l'État. Le ministère de la marine est le seul qui ait échappé à cette centralisation, grâce à l'importance de la Caisse des invalides de la marine, à laquelle participent les employés de l'administration centrale. Pour reconstituer cette dotation, sans imposer à nos finances des charges qu'elles pourraient moins que jamais supporter, il n'existe d'autres voies et moyens que l'emploi des combinaisons si ingénieuses de ces caisses ou associations, trop peu répandues en France, qui reposent sur la capitalisation incessante des capitaux et le calcul des probabilités.

[1] *Les Caisses de prévoyance*, par Alfred de Courcy, p. 189-203. Paris, 1872.

Un seul fait facile à vérifier permettra de comprendre l'efficacité de ces combinaisons. L'expéditionnaire ou rédacteur qui, entré à l'âge de vingt-cinq ans, avec un traitement de 1,500 fr. dans une administration publique, se retire à soixante-cinq ans après quarante ans de services et avec un traitement moyen de 3,800 fr., pour les six dernières années, reçoit de l'État une pension de 1,900 fr., reversible pour un tiers, soit 633 fr. 33, sur la tête de sa veuve.

Si, chaque année, il avait placé à la Caisse des retraites pour la vieillesse le montant des retenues versées au Trésor, il aurait, à l'époque où il prend sa retraite, une pension viagère de 3,194 fr., profitant pour moitié, soit 1,597 fr., à sa veuve, s'il n'est pas séparé de biens [1].

En adoptant un autre mode de placement à cette Caisse, qui sera indiqué au chapitre IV, ce même employé obtiendrait une pension de retraite de 3,724 fr., c'est-à-dire une rente presque égale à son traitement d'activité, et reversible pour 2,127 fr. sur la tête de sa veuve.

Ces chiffres démontrent assez éloquemment qu'il faut laisser aux administrations le soin d'assurer elles-mêmes une retraite à leurs employés, et débarrasser l'État d'une mission qu'il remplit si mal pour ses propres intérêts et pour ceux de ses fonctionnaires.

Quelques établissements privés ont déjà commencé à organiser leurs pensions de retraite d'une manière plus intelligente et plus équitable. Il n'est pas inutile d'examiner comparativement les divers systèmes qu'ils ont adoptés pour leurs agents, et de faire connaître les Caisses de retraites ou d'assurances qu'ils emploient

---

[1] On suppose qu'une disposition particulière permettrait aux fonctionnaires de dépasser la limite réglementaire des versements, comme le législateur l'a permis pour les placements collectifs des sociétés de secours mutuels.

comme auxiliaires. Leur expérience démontrera que les réformes proposées pour le régime des pensions civiles ne sont pas d'une exécution difficile.

Cette étude sera divisée en six chapitres.

Dans un *premier chapitre,* on comparera le régime des Caisses des administrations centrales, tel qu'il avait été établi par le décret du 4 juillet 1806, avec le régime d'absorption, de centralisation absolue, créé par la loi du 9 juin 1853.

Dans un *second chapitre,* on exposera les charges dont cette loi grève l'État, le nombre des pensions civiles et leurs diverses catégories.

Un *troisième chapitre* donnera le tableau comparatif des systèmes de retraites ou pensions adoptés dans les grandes institutions de crédit et les principales Compagnies industrielles ou commerciales.

Le *quatrième* et le *cinquième chapitre* seront consacrés à l'étude des voies et moyens qui peuvent être utilisés ou créés pour améliorer les retraites des fonctionnaires et employés de l'État. — Dans l'un, on résumera les avantages que les Caisses de retraites ou d'assurances sur la vie, organisées jusqu'à ce jour, peuvent offrir aux employés ou aux associations qui y feraient les versements destinés à constituer un fonds de retraites; — dans l'autre, on indiquera les bases des nouvelles Caisses de retraites qu'il conviendrait de créer pour les fonctionnaires et employés.

Enfin le *sixième chapitre,* dégagé des difficultés financières, résumera, sous forme de projet de loi, les réformes à introduire dans le régime des pensions civiles.

L'auteur de cette étude se fait un devoir de remercier M. le Directeur général de la Caisse des dépôts et consignations; —

M. le Gouverneur et M. le Secrétaire général de la Banque de
France; — M. le Gouverneur du Crédit foncier; — MM. les
Directeur et Administrateur de la Compagnie d'assurances générales sur la vie; — MM. les Directeurs et Secrétaires généraux
des Chemins de fer du Nord, de l'Ouest, de l'Est, d'Orléans,
de Lyon-Méditerranée et du Midi, qui ont mis obligeamment à
sa disposition les règlements de leurs Caisses de retraites et
divers documents de nature à éclairer ces questions importantes
et délicates.

Ce travail était terminé lorsqu'on a pu prendre connaissance
du remarquable rapport de M. de la Monneraye, membre de
l'Assemblée nationale, sur le service central du ministère des
finances (*Journal officiel,* 8, 9 et 10 mai 1872). Ce rapport con-
tient l'historique de la législation des pensions et de graves
considérations qui concordent avec les idées émises dans cette
étude. On regrette de ne pouvoir s'y référer que d'une manière
générale.

PENSIONS CIVILES,
CAISSES DE RETRAITES
ET D'ASSURANCES SUR LA VIE

CHAPITRE PREMIER.

COMPARAISON DU RÉGIME DES PENSIONS CIVILES D'APRÈS LE DÉCRET DU 4 JUILLET 1806 ET LA LOI DU 9 JUIN 1853.

Les retraites des employés des ministères de l'intérieur, de l'agriculture et du commerce, de l'instruction publique et des cultes, étaient régies, avant 1854, par le décret du 4 juillet 1806, complété par l'ordonnance du 27 avril 1832.

Aux termes de l'avis du Conseil d'État du 17 novembre 1811, le décret du 4 juillet 1806 était également applicable, d'une manière générale et faute de règlements spéciaux, aux pensions accordées par les départements et les communes : il était donc *le droit commun* en cette matière.

Ce décret instituait un fonds de caisses de retraites ayant son existence propre ; l'excédant des recettes sur les dépenses était versé, à son compte, à la Caisse des dépôts et consignations, qui capitalisait à son profit les intérêts sur le taux de 5 pour 100 par an.

Quelques autres administrations avaient aussi leurs caisses spéciales [1].

[1] Voir l'excellent *Code des pensions civiles*, par R. Dareste, avocat au Conseil d'État et à la Cour de cassation. Paris, P. Dupont.

La loi du 9 juin 1853 a supprimé toutes les caisses de retraites, à partir du 1er janvier 1854 ; elle a déclaré leur actif acquis à l'État et l'a chargé d'encaisser, chaque année, leurs recettes. Dans la note préliminaire du budget des recettes de 1854 (page 73) et dans les développements (page 693), on se félicitait de pouvoir réaliser sur ce service une économie annuelle de 3,186,267 francs.

L'État s'est donc approprié l'actif des caisses de retraites des administrations centrales ; il s'est substitué à ces caisses. Le tableau comparatif des dispositions principales du décret de 1806 et de la loi de 1853 permettra d'apprécier comment il a exécuté leurs engagements.

Décret du 4 juillet 1806.	*Loi du 9 juin 1853.*

A

VERSEMENTS DES EMPLOYÉS.

Une seule retenue de 5 pour 100 (ou du vingtième) sur les traitements mensuels (article 1er, et ordonnance du 27 avril 1852).	Retenue de 5 pour 100 sur les traitements mensuels et d'un *douzième* sur tout premier traitement ou augmentation de traitement (article 3).

B

ÉPOQUE DE L'ENTRÉE EN JOUISSANCE DE LA PENSION.

1° *Pension normale.*

Après 30 ans de service, sans condition d'âge (art. 8).	Après 30 ans de service et 60 ans d'âge, à moins que le ministre ne reconnaisse le titulaire hors d'état de continuer ses fonctions.

2° *Pensions de réforme pour infirmités prématurées.*

Nulle condition d'âge ni de service (art. 38).	50 ans d'âge et 20 ans de service (art. 11).

Décret du 4 juillet 1806.	*Loi du 9 juin 1853.*

3° Pension de réforme pour cause de suppression d'emploi.

| Une pension est accordée dès qu'on a 10 ans de service. | Ce cas, non prévu dans la loi du 9 juin 1853, a été réglé transitoirement par la loi du 3 avril 1872, applicable jusqu'au 31 décembre de cette année, loi si dure qu'aucun ministre n'oserait vraisemblablement l'appliquer.

A partir de 20 ans de service, on peut obtenir une pension, et jusqu'à 20 ans, une indemnité temporaire seulement. |

C

TAUX DE LA PENSION.

1° *Taux de la pension normale.*

Pour les 30 premières années de service, la *moitié* du traitement moyen des trois dernières années ; Plus le *vingtième* de cette moitié pour chaque année de service au-dessus de 30 ans.	Un soixantième du traitement moyen des *six* dernières années pour chaque année de services civils.
Le maximum de la retraite ne peut excéder les deux tiers du traitement annuel (art. 9 et 10).	Elle ne peut excéder ni les deux tiers du traitement moyen, ni les *maximum* déterminés dans un tableau annexé à la loi sous le n° 3 (art. 6 et 7).

Pour comprendre la portée de la loi du 9 juin 1853, et les effets de son *tableau de maximum*, il importe de donner des exemples de liquidation d'après les deux régimes auxquels les employés ont été successivement soumis.

PREMIER EXEMPLE.

M. Maurice prend sa retraite au 31 décembre 1871, après quarante ans de service ;

Décret du 4 juillet 1806. | *Loi du 9 juin 1853.*

Son traitement était de 3,300 francs en 1865; au 31 décembre 1868, ce traitement a été porté à 3,600 francs.

1° M. Maurice a droit, pour les 30 premières années de service, à la moitié d'une année de son traitement moyen pendant les trois dernières années, soit. . . . . 1,800 fr.

2° A 1/20 de cette moitié, ou 90 fr. pour chaque année de service au-dessus de 30 ans : 90 × 10 = 900. . . .   900 fr.

La pension serait donc de. . . . . 2,700 fr.

Mais comme elle ne peut jamais dépasser les 2/3 du traitement moyen, 3,600, elle sera ramenée à 2,400 fr.

La pension de M. Maurice serait de 1/60 du traitement moyen des six dernières années de service. Ce traitement moyen est de 3,450 fr., dont le 1/60 est de 57 fr. 50 c.

57 fr. 50 × 40 années de service donneraient 2,300 fr.

Mais le maximum du tableau n° 3 vient ramener cette pension à la moitié du traitement moyen, soit. . . . . 1,725 fr.

M. Maurice a donc, après 40 *ans de service, la même pension* qu'il aurait eue après 30 seulement, et la loi du 9 juin 1853 lui a enlevé 675 francs de pension.

DEUXIÈME EXEMPLE.

M. Saint-Victor prend sa retraite au 31 décembre 1871, après quarante ans de service; son traitement a été porté de 10,000 fr. à 12,000 francs au 31 décembre 1868.

1° Sur les 30 premières années de service, M. Saint-Victor a droit à la moitié du traitement moyen des trois dernières années, soit. 6,000 fr.

2° Cette pension s'accroît du 1/20 de cette moitié pour chaque année de service au-dessus de 30 ans, 6000/20 × 10 = . . . 3,000 fr.

La pension serait donc de. . . . . 9,000 fr.

1° Le 1/60 du traitement moyen de M. Saint-Victor, pendant les six dernières années de service (11,000), est de. . . . . 183 fr. 33 c.

Ce 1/60, multiplié par 40 années de service, donnerait une pension de. . . . . 7,333 fr. 33 c.

Mais le maximum du tableau n° 3 vient ramener cette pension à 5,000 fr.

Décret du 4 juillet 1806.

Mais le maximum de la retraite ne pouvant excéder les 2/3 du traitement annuel, 12,000 fr., la pension serait ramenée à. . . . . 8,000 fr.

L'application de la loi du 15 germinal an XI, article 2, la réduira à 6,000 fr., maximum général des retraites.

Loi du 9 juin 1853.

M. Saint-Victor a donc, après 40 ans de service, la même pension qu'il aurait eue s'il avait servi l'État pendant 30 ans seulement, et l'État lui accorde une pension de 1,000 *francs inférieure* à celle que lui assurait la Caisse centrale des administrations, en vertu du décret de 1806.

2° Taux de la pension de réforme pour infirmités.

La pension accordée avant 30 ans de service, dans le cas d'infirmités ou de réforme par suppression d'emploi (C et D), était du 1/6 du traitement moyen pour 10 ans de service et au-dessous.

Elle s'accroissait de 1/60 de ce traitement pour chaque année de service au-dessus de 10 ans, sans pouvoir excéder ce traitement (art. 11).

La pension de réforme pour infirmités ne peut être accordée qu'*après* 20 *ans* de service (art. 11).

Elle est fixée à raison de 1/60 du dernier traitement pour chaque année de services civils, sans pouvoir être inférieure au 1/6 de ce traitement (art. 12).

3° Taux de la pension ou du secours de réforme pour suppression d'emploi.

Ces pensions ou secours sont transitoirement réglés par la loi du 3 avril 1872.

A partir de 20 ans de service, on peut obtenir *une pension du 1/6 du traitement moyen* des quatre dernières années pour chaque année de service. Au-dessous de 20 ans de service, on alloue seulement des indemnités temporaires du 1/3 du traitement moyen des quatre dernières années. Si le fonctionnaire a plus de 10 ans de service, il recevra cette indemnité pendant la moitié de la durée de ses services;

S'il a moins de 10 ans, pour un temps égal à la durée des services, sans pouvoir excéder 5 ans.

Il résulte de cette loi que l'employé qui aura 10 ans accomplis de service ne sera pas mieux traité que l'employé qui a servi l'État pendant 5 *ans seulement!*

M. Dubois est réformé pour cause de suppression d'emploi après 19 ans de service : le chiffre moyen de ses quatre dernières années de traitement est de 2,700 francs; il recevra donc pour tout dédommagement de la suppression de son emploi la somme de 900 *francs pendant* 9 *ans et* 6 *mois*, et à 45 ans, s'il est entré dans l'administration après sa libération du service militaire, il lui faudra recommencer une carrière.

Tant que le législateur se croira permis de briser ainsi des situations légitimement acquises, et qu'il déclarera que le fonctionnaire ou l'employé révoqué *sans cause* n'a droit qu'à des pensions ou indemnités dérisoires, les administrations centrales, qui se recrutaient si difficilement déjà, ne pourront trouver des travailleurs intelligents et dévoués.

D

PENSIONS POUR LES VEUVES, SECOURS POUR LES ORPHELINS.

Décret du 4 juillet 1806.	*Loi du 9 juin* 1853.
Les veuves et les orphelins pouvaient obtenir une pension ou un secours égal à *la moitié* de la pension de leur mari ou père (art. 12 et suivants).	La pension de la veuve ou le secours pour les orphelins ne peut dépasser *le tiers* de la pension que le mari avait obtenue, ou à laquelle il aurait eu droit (art. 13 et 16).

Le régime inauguré par la loi de 1853 est donc, sur tous les points, moins favorable aux employés que le système du décret de 1806.

Le ministère de la marine est la seule administration centrale qui ait pu échapper à l'application de cette loi; la Caisse des invalides de la marine est restée chargée de servir les pensions des employés des bureaux. Dans ce ministère, la pension est acquise après trente années de service, ou vingt-cinq ans seulement, si l'employé a soixante ans d'âge. Elle est égale à la moitié du traitement moyen des trois dernières années, et s'accroît du vingtième de cette moitié pour chaque année de service effectif au delà de trente années, sans pouvoir dépasser les deux tiers du traitement ni la somme de 6,000 francs pour les chefs de division, 4,000 fr. pour les chefs de bureau, 3,000 francs pour les sous-chefs, 2,000 fr. pour les employés. Les fonctionnaires et employés du ministère de la marine sont donc aujourd'hui mieux traités que leurs collègues des autres ministères. Le décret du 2 février 1808 et l'ordonnance du 31 décembre 1833, qui continuent à les régir, reproduisent, à un détail près, les dispositions du décret du 4 juillet 1806.

CHAPITRE DEUXIÈME.

La comparaison des dispositions principales du décret du 4 juillet 1806 avec les dispositions correspondantes de la loi du 9 juin 1853, démontre assez combien cette loi a été préjudiciable aux intérêts des employés.

Pour se convaincre qu'elle n'est pas moins préjudiciable à l'État, il suffit de jeter les yeux sur le tableau suivant, qui donne, de 1854 à 1870, l'état comparatif des *recettes* faites par le Trésor public au compte spécial des pensions civiles; des *dépenses* annuelles qu'entraînent ces pensions; du *nombre* des parties prenantes et du *taux* moyen de ces pensions.

PENSIONS CIVILES.

ANNÉES	RETENUES PERÇUES PAR L'ÉTAT	ARRÉRAGES DES PENSIONS CIVILES PAYÉES PAR L'ÉTAT AU 31 DÉCEMBRE	NOMBRE DES PARTIES PRENANTES AU 31 DÉCEMBRE	QUOTITÉ MOYENNE DES PENSIONS AU 31 DÉCEMBRE
	fr. c.	fr. c.		fr.
1854	13,322,904 75	23,846,586 34	31,378	765
1864	14,551,495 92	25,257,882 64	36,223	696
1865	14,639,721 82	25,049,682 05	37,187	690
1866	14,645,772 36	26,725,821 60	38,610	692
1867	14,788,280 18	28,173,007 14	40,866	689
1868	15,028,516 60	29,053,373 81	42,526	683
1869	15,227,174 01	29,882,877 »	44,081	677

La statistique des pensions civiles donne les faits suivants :

Les recettes *progressent* peu ;

Les dépenses *augmentent* notablement et excèdent les recettes de 14,155,703 francs en 1869;

Le nombre des pensionnaires s'est *accru* d'un tiers depuis 1854 : de 31,378 il s'est élevé à 44,081;

Depuis cette époque, le taux moyen de la pension s'est *abaissé* de 765 francs à 677.

Les pensions inscrites pendant l'année 1869 se sont élevées à 3,955 parties et 2,696,314 francs; les extinctions constatées pendant cette même année ont été de 2,400 parties et 1,866,810 fr. 81 cent.; l'augmentation pour cette seule année a donc été de 1,555 parties et 829,503 fr. 19 cent.

Les pensions inscrites au 1ᵉʳ janvier 1870 se décomposent comme il suit :

	Parties.	Sommes.		Quotité moyenne.
Pensions de fonctionnaires et employés.	29,771	24,816,689 fr.	78	830
Pensions de veuves.	13,969	4,989,060	48	357
Secours aux orphelins.	341	77,126	74	226

A la même époque, la situation des deux catégories de pensions, d'après la date de la concession, était arrêtée de la manière suivante :

	Parties.	fr.	c.
1ʳᵉ *catégorie* : charges antérieures au 1ᵉʳ janvier 1854.	13,278	7,979,477	45
2ᵉ *catégorie* : charges postérieures à cette date.	30,803	21,903,399	55
Total.	44,081	29,882,877	»

Dans la partie sédentaire, où le droit est acquis à 60 ans d'âge et après 30 ans de service, les pensions ont été accordées à 63 ans et 10 mois d'âge en moyenne et après 34 ans d'exercice; la quotité moyenne a été de 1,319 francs.

Les pensions de veuves d'employés ont été données à 58 ans d'âge en moyenne, et leur quotité moyenne a été de 332 francs.

Les secours aux orphelins d'employés ont été donnés à 14 ans en moyenne, et leur quotité moyenne a été de 305 francs.

Au 1ᵉʳ janvier 1870, les pensions civiles étaient réparties de la manière suivante entre les divers ministères :

	FONCTIONNAIRES ET EMPLOYÉS	VEUVES	ORPHELINS	TOTAUX	
				PARTIES	SOMMES
					fr. c.
Finances.	21,286	10,030	260	31,576	19,512,782 61
Instruction publique et Cultes. .	3,848	983	18	4,849	2,749,777 65
Agriculture, Commerce et Travaux publics.	1,295	938	24	2,257	1,844,405 98
Justice.	1,150	803	5	1,958	2,975,315 00
Intérieur.	878	430	11	1,319	783,283 42
Guerre et Algérie.	559	432	15	1,006	933,683 00
Minist. d'État et Grande Chancellerie de la Légion d'honneur.	424	134	1	559	367,552 32
Maison de l'Empereur.	235	133	4	372	234,010 00
Affaires étrangères.	96	86	3	185	682,067 02
Totaux.	29,771	13,969	341	44,081	29,882,877 00

D'un ministère à l'autre, la quotité moyenne des pensions varie extrêmement. Voici le tableau de cette quotité moyenne pour 1869 :

Affaires étrangères.	3,681	fr.
Justice.	1,469	»
Guerre et Algérie.	928	»
Agriculture, etc.	817	»
Ministère d'État.	657	»
Maison de l'Empereur.	629	»
Finances.	614	»
Intérieur.	593	»
Instruction publique et cultes.	507	»

Cet écart entre la quotité moyenne des pensions des fonctionnaires et employés de l'État, qui révèle une égale disproportion entre leurs traitements, nous paraît de nature à fixer l'attention du législateur.

On n'a pu se procurer en temps utile le nombre des pensions servies aux anciens fonctionnaires et employés des administrations centrales; on le suppose proportionnellement peu élevé. Dans une administration publique (le ministère et aujourd'hui l'administration des cultes) qui, depuis 1802, a compté 406 fonctionnaires, em ployés ou gens de service, 48 *seulement* sont arrivés à l'âge de la retraite, pendant une période de 70 années.

Le chiffre total du personnel des bureaux des administrations centrales d'après le budget de 1871 est de 3,936. D'après les dernières statistiques officielles qu'on a pu se procurer, le nombre total des fonctionnaires et employés était de 103,756 pour toute la France; en supposant ce chiffre exact, on aurait la proportion suivante entre les fonctionnaires en activité et les retraités ou veuves de retraités :

103,756 : 3,936 : : 44,081 : X, d'où *x* (employés retraités) = 1681 et une fraction ; mais on croit ce chiffre d'employés retraités trop fort.

Les employés des administrations centrales sont, de tous les fonctionnaires publics, ceux qui arrivent dans la moindre proportion à la retraite et qui, par suite, sont les plus lésés par la loi de 1853.

C'est encore pour ces fonctionnaires que l'application des *maximum* de cette loi est la plus dure : elle n'accorde qu'aux seuls gens de service un maximum des deux tiers du traitement; tous les autres employés des administrations centrales ne peuvent, en fait, atteindre que la moitié de ce traitement, alors même qu'ils ont servi l'État pendant 50 années.

CHAPITRE TROISIÈME.

RETRAITES OU PENSIONS ASSURÉES PAR LES GRANDES INSTITUTIONS DE CRÉDIT
ET LES PRINCIPALES COMPAGNIES DE CHEMINS DE FER.

La loi du 9 juin 1853 a singulièrement empiré la situation des pensionnaires de l'État, et elle impose de lourdes charges au Trésor public [1].

Pour remédier à ces imperfections de notre législation, il faut renoncer à la centralisation de 1853, laisser aux administrations le soin de veiller aux intérêts de leurs employés, et appliquer à l'organisation des nouvelles caisses les combinaisons, trop peu connues en France, des assurances en cas de vie et en cas de décès, qui reposent à leur tour sur le calcul des probabilités et la capitalisation incessante et intelligente des versements.

Ces procédés financiers ont déjà été adoptés, dans une certaine mesure, par des caisses publiques et par quelques-unes des grandes administrations privées, qui traitent mieux leurs agents que ne le fait l'État, et croient ainsi servir leurs intérêts.

On résumera brièvement ci-après les règlements des pensions de retraite suivis dans quelques-uns de ces grands établissements.

§ Ier

COMPAGNIE DES CHEMINS DE FER DU NORD.

A

Dotation du fonds de pensions.

1° Retenue de 3 pour 100 sur les traitements, versée au compte

---

[1] On peut invoquer aujourd'hui à l'appui des observations présentées dans les chapitres précédents le grave témoignage de la troisième sous-commission des services administratifs, dans le remarquable rapport de M. de la Monneraye, membre de l'Assemblée nationale, sur le service central du ministère des finances. (*Journal officiel*, 8 et 9 mai 1872, p. 3114 et 3115.)

2

personnel de chaque employé à la Caisse des retraites pour la vieillesse.

2° Versement supplémentaire fait par la Compagnie à cette même caisse, à chacun de ces comptes individuels.

B
Jouissance de la pension.

50 ans d'âge, 25 ans de service sédentaire.

C
Taux de la pension.

La pension constituée avec les retenues capitalisées et placées à la Caisse de la vieillesse, s'accroît du quatre-vingtième du traitement moyen des quatre dernières années, supplément provenant des versements faits par la Compagnie au compte de chaque employé.

D
Pension des veuves et orphelins.

Le tiers de la pension du mari.

§ II.
CHEMINS DE FER DE L'OUEST.

A
Dotation du fonds de pensions.

1° Retenue de 4 pour 100 sur les traitements et du 1er douzième de toute augmentation, versé tous les trois mois au compte personnel de chaque employé à la Caisse de la vieillesse, capital *aliéné* ou capital *réservé* à son choix; le surplus des fonds est placé en obligations de la Compagnie, en immeubles ou en rentes sur l'État;

2° Versement de la Compagnie, égal au montant des retenues;

3° Dons volontaires;

4° Intérêts ou produits des fonds placés.

B
Jouissance de la pension.

60 ans d'âge, 30 ans de service.

C

Taux de la pension.

Moitié du traitement moyen des six dernières années, augmentée d'un soixantième pour chaque année de service au delà de 30 ans.

D

Pension des veuves et orphelins.

La pension de l'employé est réversible dans une proportion qui varie d'un tiers à la moitié, sur la tête de la veuve ou des enfants ayant moins de 18 ans.

§ III.

CHEMINS DE FER DE L'EST

A

Dotation du fonds de pensions.

· 1° Cotisation ou retenue de 2 pour 100 sur les traitements ;

2° Versement de la Compagnie égal au montant de cette cotisation.

Ces versements sont placés en obligations de la Compagnie ou en rentes sur l'État. — Les intérêts sont immédiatement capitalisés et placés.

B

Jouissance de la pension.

50 ans d'âge, 25 ans de service.

C

Taux de la pension.

L'évaluation du capital d'une retraite s'obtient en multipliant la valeur des fonds en caisse, au jour de la liquidation de la retraite, par la somme du traitement de l'employé qui se retire, et en divisant le produit par la somme des traitements reçus par tout le personnel en fonctions à la même époque.

La valeur des fonds en caisse sera calculée sur le cours moyen des titres dans les trois mois précédents.

La retraite sera, au minimum, de 75 pour 100 des traitements de 1,000 francs et au-dessous. — Ce chiffre de 75 pour 100 s'ac-

2.

croîtra d'un demi pour 100 par chaque 100 francs d'augmentation, et s'arrêtera à 50 pour 100 des traitements de 6,000 francs et au-dessus.

En cas d'insuffisance de la caisse, la Compagnie assure les deux tiers du maximum de la retraite.

D

Pension des veuves et orphelins.

Les veuves et orphelins sont secourus par la caisse de prévoyance, qui accorde aussi des secours aux employés malades ou blessés.

Cette caisse est alimentée à l'aide d'une cotisation de 1 pour 100 des traitements et d'un versement égal fait par la Compagnie.

§ IV.

CHEMIN DE FER D'ORLÉANS.

A

Dotation du fonds de pensions.

Les employés ne sont astreints à aucune retenue ni à aucun versement.

Chaque année on prélève sur les produits, avant toute répartition, une somme destinée à constituer le fonds de secours et d'encouragement.

La somme à distribuer est répartie entre tous les employés dans la proportion du traitement dont chacun d'eux a joui dans le cours de l'année.

Le montant de la somme attribuée à chaque employé est versé, à son compte, à la Caisse de la vieillesse jusqu'à concurrence de 10 pour 100 de son traitement.

B

Jouissance de la pension.

50 ans d'âge.

C

Taux de la pension.

La pension est proportionnée aux versements d'après les tarifs de la Caisse de la vieillesse.

Quand l'employé reste au service de la Compagnie après 50 ans, les versements sont faits à la Caisse des retraites avec entrée en jouissance l'année suivante. La jouissance de la rente acquise à l'aide des versements antérieurs est également différée d'une année, à mesure que l'employé commence une nouvelle année de service après 50 ans.

Le surplus du montant de l'attribution est remis à l'employé, en espèces, jusqu'à concurrence de 7 pour 100 de son traitement.

Après ces deux prélèvements (ensemble 17 pour 100 du traitement), le reliquat, s'il en existe un, est versé, au compte de l'employé, à la Caisse d'épargne de Paris.

D

Pension des veuves et orphelins.

La rente peut être constituée à capital réservé. Ce capital revient ainsi aux héritiers. La Compagnie secourt, en outre, les veuves et orphelins.

§ V.

CHEMIN DE FER DE LYON-MÉDITERRANÉE.

A

Dotation du fonds de pensions.

1° Retenue obligatoire de 4 pour 100 sur les traitements au-dessous de 12,000 francs ;

2° Subvention de 3 pour 100 de ces traitements fournie par la Compagnie ;

3° Intérêts de ces retenues et subventions.

B

Jouissance de la pension.

60 ans d'âge et 30 ans de service (exceptionnellement 25 ans) pour les agents du service sédentaire.

La Compagnie se réserve le droit de mettre à la retraite d'office et par anticipation tout employé âgé de plus de 50 ans et ayant au moins 15 ans de service.

C
Taux de la pension.

La moitié du traitement moyen des six dernières années de la durée totale des services, si ce dernier décompte est plus avantageux, augmenté de un soixantième pour chaque année excédant 30 ans de service; maximum 6,000 francs.

Dans le cas de retraite anticipée, la pension sera du tiers du traitement moyen augmenté d'un soixantième pour chaque année de service en sus des quinze premières.

D
Pension des veuves et orphelins.

La moitié de la pension du mari ou père.

§ VI.

CHEMINS DE FER DU MIDI.

A
Dotation du fonds de pensions.

1° Retenue de 3 pour 100 obligatoire pour tous les employés ayant *au plus* 3,000 francs de traitement; facultative pour les employés ayant plus de 3,000 francs de traitement et pour les employés à la journée.

2° Retenue du premier mois sur toute augmentation de traitement.

3° Fonds de dotation établi par la Compagnie, égal au tiers du total des retenues opérées sur les agents.

B
Jouissance de la pension.

55 ans d'âge, 25 ans de service au moins.

C
Taux de la pension.

La moitié du traitement moyen pendant les dix dernières années de service. — Le maximum de la pension est limité à 4,000 francs; mais tout employé dont le traitement aura atteint un chiffre supérieur à 8,000 francs ne sera pas soumis à la retenue sur l'excédant.

§ VII.

CRÉDIT FONCIER DE FRANCE.

A

Dotation du fonds de pensions.

1° Retenue de 4 pour 100 sur tous les traitements fixes de tous les employés ;

2° Prélèvement du premier mois de toute augmentation de traitement ;

3° Retenues pour causes d'absence, de congé ou par mesure disciplinaire ;

4° Subvention annuelle de 4 pour 100 du montant total des traitements, qui sera prélevée sur les bénéfices et versée par la Société dans la caisse.

B

Jouissance de la pension.

A tout âge, après 30 ans de service ; — à 55 ans, après 24 ans de service ; — à 60 ans, après 20 ans de service.

Sans condition d'âge, lorsque des accidents ou des infirmités graves bien constatées mettent l'employé dans l'impossibilité de continuer son travail.

C

Taux de la pension.

Après 30 ans de service, la moitié de la moyenne du traitement fixe pendant les trois dernières années de service.

Après 24 ans, les deux cinquièmes.

Après 20 ans, le tiers.

La pension s'accroît d'un soixantième du traitement moyen pour chaque année de service au-dessus de ces diverses durées, sans toutefois que la pension puisse excéder les deux tiers du traitement moyen.

D

Pension des veuves et orphelins.

Pour la veuve, la moitié de la pension à laquelle aurait eu droit, ou dont jouissait l'employé.

Les orphelins ont droit à la même pension jusqu'à l'âge de 18 ans. Cette pension est partagée entre eux par portions égales sans réversibilité.

§ VIII.

BANQUE DE FRANCE.

A

Dotation du fonds de pensions.

Retenue de 2 pour 100 du montant du traitement et différents produits : amendes, dons, etc., placés en actions de la Banque, rente 3 pour 100 sur l'État, et obligations de chemins de fer français (décision du 4 mai 1867).

B

Jouissance de la pension.

A tout âge, après 30 ans de service ; — à 60 ans, après 20 ans ; — à 70 ans, après 10 ans de service.

C

Taux de la pension.

Après 30 ans de service, le tiers du traitement moyen des trois dernières années de service. — La pension s'accroît d'un vingtième pour chaque année de service au-dessus de ce nombre. — Le maximum ne peut excéder la moitié du traitement annuel.

D

Pension des veuves et orphelins.

La moitié de la pension du mari ou père.

§ IX.

CAISSE DE PRÉVOYANCE DES EMPLOYÉS DE LA COMPAGNIE D'ASSURANCES GÉNÉRALES.

A

Dotation du fonds de pensions.

La Compagnie verse chaque année à la caisse un vingtième des bénéfices nets répartis aux actionnaires. — Un compte individuel est ouvert au nom de chaque employé participant. — Les versements de la Compagnie sont distribués entre les comptes individuels au ·prorata des traitements respectifs reçus par chaque employé pendant l'année précédente.

Un intérêt de 4 pour 100 est bonifié à tous les comptes individuels.

B
Jouissance de la pension.

A tout âge, après 25 ans de service, ou à 65 ans d'âge, sans conditions de durée de service.

C
Taux de la pension.

Le montant du compte individuel ou livret, en *capital* ou en rente viagère, réversible ou non sur une autre tête, au choix de l'employé, qui n'est obligé de se prononcer qu'au moment même de la liquidation.

D
Veuves et orphelins.

La veuve, les enfants et petits-enfants et les ascendants ont droit aux sommes portées au compte de l'employé, s'il meurt en activité de service.

N. B. L'organisation de cette caisse doit être citée comme un excellent modèle à suivre dans les établissements industriels ou commerciaux.

CHAPITRE QUATRIÈME.

Il résulte du chapitre précédent que les employés et agents des
grandes Compagnies industrielles ou commerciales sont mieux traités, au point de vue des pensions, que les employés de l'État. Ils
versent *moins,* et souvent reçoivent *plus.*

La retenue est de 2 à 4 pour 100, et non de 5 pour 100 ; la
retenue du *douzième,* ou premier mois de tout traitement, ne se ren-
contre que dans deux règlements.

On peut entrer le plus souvent en jouissance de la pension à
50 ans d'âge, ou *après* 30 *ans de service sans condition d'âge.*

La pension est *proportionnelle aux versements,* généralement
accrus d'un supplément fourni par la compagnie.

Les veuves et les orphelins ont presque toujours *la moitié* de la
pension du mari.

Le commerce et l'industrie offrent donc tout à la fois des *situations mieux rétribuées* et des retraites *plus avantageuses.* Ces deux faits
concourent à écarter des administrations publiques les jeunes gens les
plus intelligents et les plus laborieux. L'intérêt public, aussi bien
que l'équité, exige qu'on assure aux employés de l'État une
retraite honorable. Sur ce point, du reste, tout le monde est d'ac-
cord. La difficulté consiste à trouver les *voies et moyens* sans aggraver les charges du trésor public, ou mieux, s'il est possible, en le
dégrevant complétement d'une dette qui chaque année devient plus
lourde, comme on l'a dit au chapitre deuxième.

Le quatrième et le cinquième chapitre seront consacrés à cette étude
des *voies et moyens ;* dans le quatrième, on exposera le mécanisme

des caisses déjà existantes qu'on pourrait utiliser ; dans le *cinquième* et le *sixième*, on indiquera les bases d'une institution nouvelle.

§ Iᵉʳ.

CAISSE DES RETRAITES POUR LA VIEILLESSE [1].
(Lois des 18 juin 1850, 12 juin 1861, 4 mai 1864.)

La Caisse des retraites pour la vieillesse assure aux déposants une rente payable jusqu'à leur décès, à partir d'une année d'âge fixée à leur choix de 50 à 65 ans.

Les versements sont faits soit à *capital aliéné*, soit à *capital réservé ;* dans ce dernier cas, ils sont remboursés aux ayants droit du déposant à l'époque de son décès. Le déposant qui a réservé le capital peut du reste, à toute époque, en faire l'abandon total ou partiel pour obtenir une augmentation de rente ou une rente nouvelle. Le fonctionnaire ou employé qui traite avec cette Caisse doit donc toujours réserver le capital : s'il meurt avant l'âge de la retraite, tous ses versements profiteront à ses héritiers ; s'il parvient à cet âge, il pourra adopter telle combinaison qu'il jugera préférable, et constituer, s'il n'a pas d'héritiers, une rente viagère sur sa tête, ou réversible en totalité ou en partie sur la tête de sa femme.

On n'inscrit point présentement sur une même tête une rente supérieure à 1,500 francs ; mais ce maximum pourrait être élevé en faveur des employés.

Les rentes sont calculées en tenant compte, pour chaque versement :

1° De l'intérêt composé du capital, à raison de 4 1/2 pour 100 ;

2° Des chances de mortalité en raison de l'âge du titulaire au jour du versement, et de l'âge auquel commence la jouissance de la rente ;

3° Du remboursement au décès du capital versé, si la réserve en a été faite par le déposant.

[1] V. *Guide du déposant à la Caisse des retraites pour la vieillesse*, par E. Beaurisage, chef de la division des retraites à la Caisse des dépôts et consignations.

Le versement est unique ou annuel, au gré des parties.

On a indiqué, au commencement de cette étude, le parti qu'on peut tirer de cette institution véritablement sociale, qui, tout en offrant à l'État des bénéfices considérables, assure l'avenir des travailleurs.

On a pris pour type le moins favorisé des employés, celui qui reste toute sa vie dans les grades inférieurs. On suppose M. X. entré dans une administration à 25 ans, avec un traitement de 1,500 francs, et prenant sa retraite à 65 ans, après 40 ans de service, avec une moyenne de traitement de 3,800 francs pour les six dernières années. Il ne peut demander à l'État qu'une pension de retraite de 1,900 fr. réversible pour un tiers, ou 633 fr. 33 cent., sur la tête de sa veuve.

Si chaque année M. X. plaçait à la Caisse des retraites pour la vieillesse le montant des retenues qu'il a versées au Trésor, et si au moment de la liquidation il optait pour une rente viagère, il aurait une pension de 3,194 francs, réversible pour moitié sur la tête de sa femme, s'il n'est pas séparé de biens.

S'il a soin de placer expressément ses retenues moitié sur sa tête et moitié sur la tête de sa femme, que nous supposons plus jeune seulement de 5 ans et âgée de 20 ans, pour entrer en jouissance de ces deux pensions au même âge, soit à 65 ans, les deux pensions cumulées donneront un total de 3,724 francs, c'est-à-dire un chiffre presque égal au traitement dont la famille vient d'être privée ; et, après la mort du mari, la veuve aurait une pension viagère de 2,127 francs, c'est-à-dire dépassant de 1,494 francs la pension que l'État lui aurait servie !

Sans créer aucune institution nouvelle, et en se bornant à utiliser les ressources que nous offre la Caisse des retraites de la vieillesse, on arriverait donc à constituer des pensions de retraite proportionnelles aux versements et à la durée des services, et qui par suite rempliraient les conditions théoriques que doivent offrir ces pensions.

§ II.

Quelques employés désireraient assurer à leur veuve, ou à leurs enfants, *un capital* après leur décès. On croit utile de faire connaître les conditions que les assurances sur la vie peuvent leur offrir.

I.

CAISSES D'ASSURANCES EN CAS DE DÉCÈS [1].
(Loi du 11 juillet 1868. Décret du 11 août suivant.)

La Caisse d'assurances en cas de décès est une institution de l'État, par l'entremise de laquelle toute personne peut s'assurer, au moyen d'un ou plusieurs versements appelés *primes,* une somme déterminée payable après son décès à ses héritiers ou ayants droit.

On s'assure de 16 à 60 ans.

La somme assurée sur une même tête ne doit pas actuellement dépasser 3,000 francs ; ce maximum devrait être élevé en faveur des employés de l'État.

On peut s'assurer :

1° *Par primes uniques,* c'est-à-dire au moyen d'un seul versement une fois fait ;

2° *Par primes annuelles,* payables jusqu'à la mort de l'assuré ;

3° *Par primes annuelles temporaires,* payables seulement pendant un certain nombre d'années.

Dans le calcul des tarifs, il est tenu compte :

1° De l'intérêt composé des sommes versées, sur le taux de 4 pour 100 par an ;

2° Des chances de mortalité déduites de la table de Déparcieux ;

3° D'une majoration de 6 pour 100 établie par la loi en raison des bénéfices que l'État ferait sur ces caisses si les assurances se multipliaient.

L'employé qui voudrait recourir à cette Caisse adopterait très-vraisemblablement le système des *primes annuelles temporaires.* En versant 20 annuités de 100 francs à cette caisse, à partir de 25 ans, il assurerait à sa veuve, à ses enfants ou ayants cause, un capital de 4,445 fr. 90 cent., qui leur serait fort utile au moment de son décès.

[1] V. *Guide du déposant aux caisses d'assurances en cas de décès,* par Francisque de Taillandier. Paris, P. Dupont.

S'il croit pouvoir payer la prime pendant toute sa vie, sa veuve ou ses héritiers recevront 100 francs de capital par prime de 1 franc 585 payée annuellement à partir de 25 ans. S'il commence ses versements à 20 ans, la prime ne sera plus que de 1 fr. 432. Pour s'assurer un capital de 10,000 francs, la prime annuelle serait donc, dans cette dernière hypothèse, de 143 fr. 20 cent.

II.

COMPAGNIES PRIVÉES D'ASSURANCES SUR LA VIE [1].

Les opérations de ces Compagnies sont très-variées ; elles comprennent :

1° Les assurances en cas de décès ;

2° Les assurances en cas de vie.

1° ASSURANCES EN CAS DE DÉCÈS.

Les assurances en cas de décès sont un contrat par lequel une Compagnie s'oblige à payer au décès du contractant un capital déterminé, moyennant le versement annuel d'une somme également déterminée appelée *prime*, payée pendant la vie de ce contractant, ou pendant un certain nombre d'années. Le contrat n'est pas absolument synallagmatique, en ce sens que l'assuré est toujours libre de résilier la convention et de cesser de payer la prime, tandis que la Compagnie n'est jamais libre de ne pas la recevoir et de renoncer à son engagement.

Le contractant peut désigner un tiers, sa femme par exemple, comme bénéficiaire, et stipuler que, si elle meurt avant lui, la somme reviendra aux enfants ou aux héritiers naturels. — Il a, du reste, toujours le droit de demander à la Compagnie un acte modificatif, appelé dans la pratique *un avenant.* — Toute la législation des assurances sur la vie est, en effet, dans l'art. 1134 du Code civil, et dans les autres dispositions de droit commun qui régissent les conventions.

---

[1] V. les tarifs et comptes rendus des diverses Compagnies d'assurances, et le *Précis de l'assurance sur la vie,* par M. Alfred de Courcy. Paris, A. Anger.

On a pris comme exemple les tarifs de la Compagnie d'assurances générales.

Nous indiquerons les combinaisons les plus usuelles que ces assurances offrent à leurs clients.

Dans ces diverses combinaisons on peut stipuler la *participation* ou la *renonciation* aux *bénéfices* de la Compagnie. La participation aux bénéfices permet généralement d'éteindre la prime au bout d'une dizaine d'années. La renonciation aux bénéfices réduit la prime à payer de 10 pour 100.

A. *Assurances pour la vie entière à primes viagères.*

La prime annuelle à payer pendant toute la vie, à partir de l'âge de 25 ans, pour assurer au décès un capital de 100 francs, est de 2 fr. 21 c.

Cette prime est plus élevée que la prime à payer à la Caisse d'assurances de l'État, dans les mêmes conditions (1 fr. 58 c.), mais elle donne une part dans les bénéfices; si le contractant veut y renoncer, la prime ne sera plus que de 1 fr. 989.

Cette dernière combinaison est encore moins favorable que le système de la Caisse d'assurances de l'État. Ce mode d'assurances n'est donc avantageux que si l'on opte pour la participation aux bénéfices, et que si l'on veut assurer une somme supérieure au maximum de 3,000 francs actuellement fixé pour la Caisse d'assurances de l'État. Il conviendrait surtout aux fonctionnaires qui peuvent verser une prime assez élevée.

B. *Assurances pour la vie entière à primes temporaires.*

Une prime annuelle de 100 francs versée pendant 20 ans, à partir de l'âge de 25 ans, assure au décès un capital de 3,367 fr. 67 c., plus la participation aux bénéfices.

La prime sera réduite à 90 francs si l'on renonce à ces bénéfices.

C. *Assurances de survie.*

L'assurance de survie est celle dont ne doit profiter qu'un bénéficiaire désigné, s'il *survit* à l'assuré. Si le bénéficiaire meurt avant l'assuré, celui-ci cesse de payer la prime et il n'y a plus de contrat.

Pour assurer 100 francs *de rente* à un survivant désigné, la veuve par exemple, à dater du décès de l'assuré, il faudrait payer une prime annuelle de 25 fr. 99 c., si l'assuré et la femme ont l'un et l'autre 30 ans.

D. *Assurances mixtes.*

L'assurance *mixte* est l'opération par laquelle la somme assurée est payable, soit à l'assuré s'il survit après un délai déterminé, soit aux héritiers de l'assuré s'il meurt avant l'expiration du terme fixé.

Pour assurer 100 francs de capital payable à l'assuré après 25 ans, ou à ses héritiers, et aussitôt après son décès, s'il vient à mourir avant l'époque stipulée dans le contrat, il faut payer à partir de l'âge de 25 ans une prime annuelle de 3 fr. 91 (avec participation dans les bénéfices).

E. *Assurances à terme fixe.*

L'assurance à *terme fixe* diffère de l'assurance mixte en ce que le capital est payable invariablement au terme fixé, soit que l'assuré meure, soit qu'il survive; — la prime est un peu moins forte que dans l'assurance mixte, la Compagnie étant certaine de ne rembourser le capital qu'à l'échéance fixée.

Pour assurer 100 francs payables après un nombre déterminé d'années, 30 ans par exemple, *soit à l'assuré, soit à ses héritiers*, la prime annuelle à payer, à partir de l'âge de 25 ans, est de 2 fr. 39 c., si l'on veut prendre part aux bénéfices, et de 2 fr. 17 c., si l'on veut y renoncer.

La prime n'est exigible que pendant la vie de l'assuré.

Cette combinaison peut offrir des avantages considérables aux employés dont le traitement est au-dessus de la moyenne, s'ils stipulent la participation aux bénéfices, et que les opérations des Compagnies continuent à être aussi prospères qu'elles le sont depuis une quinzaine d'années.

III.

ASSURANCES DE CAS DE VIE.

Ces assurances comprennent :

A. *Les rentes viagères immédiates.*

A 55 ans, le taux est de 9 fr. 14 0/0.
A 60   —   10 fr. 24 0/0.
A 65   —   11 fr. 35 0/0.

B. *Les assurances différées, de capitaux ou rentes viagères.*

Les Compagnies, moyennant une prime unique ou annuelle, dont les exemples qui précèdent permettent d'évaluer approximativement le taux, s'engagent à payer un capital, ou à servir une rente viagère, si l'assuré est vivant au jour fixé par le contrat.

CHAPITRE CINQUIÈME.

§ Ier.

PRINCIPES GÉNÉRAUX.

On a établi, dans les chapitres précédents, que les caisses de
retraites et d'assurances de l'État, ainsi que les Compagnies privées
d'assurances sur la vie, peuvent offrir aux employés des administrations centrales des avantages supérieurs à ceux que leur accorde le
régime actuel des pensions civiles.

Mais ces caisses réalisent des bénéfices très-importants : les actions
des grandes Compagnies d'assurances sur la vie ont acquis en peu
d'années une grande valeur.

Les caisses de l'État excluent complétement leur clientèle de ces
bénéfices ; les Compagnies particulières l'admettent à y participer, en
lui demandant des primes un peu plus fortes que ne le font les
caisses publiques.

L'organisation de caisses de retraites, pour les fonctionnaires et
employés de l'État, qui seraient constituées sur les mêmes bases,
mais ne prélèveraient sur les bénéfices que la somme strictement
nécessaire pour couvrir les frais généraux, assurerait aux participants
des avantages bien plus considérables.

On croit donc devoir demander la création de caisses de retraites
spéciales à chaque catégorie de fonctionnaires ou d'employés qui se
trouvent *dans des conditions similaires de traitement, de travail, et,
par suite, de mortalité*[1].

Le système qu'on va exposer n'exigerait du Trésor public que le
remboursement, *en rentes sur l'État*, des retenues opérées sur les

---

[1] Dans le rapport de la commission des services administratifs sur le ministère
des finances, M. de la Monneraye démontre la nécessité de créer des caisses
spéciales. (*Journal officiel*, 9 mai 1872, p. 3115, 1re col.)

traitements des fonctionnaires et employés *en activité;* il le décharge-
rait complétement, pour l'avenir, de la dette créée par la loi de
1853, dette dont il est impossible de calculer les limites.

Il aurait les mêmes bases que les caisses de retraites et d'assurances organisées par l'État, et les Compagnies d'assurances sur la
vie, savoir :

1° *La capitalisation et le placement immédiat à intérêt composé des
versements opérés chaque mois par les fonctionnaires et employés.*

* Le taux de ces versements ne peut être uniforme.

Les progressions géométriques conduisent, en pareille matière, à
des résultats iniques. La retenue de 5 pour 100, qui peut être main-
tenue pour les employés des administrations centrales, est plus lourde
pour les instituteurs ou les agents dont le traitement est peu élevé.
D'autre part, on ne saurait équitablement attribuer à ces derniers le
bénéfice des retenues d'autrui, et leur constituer des pensions aux
frais d'autres employés, ainsi que le fait la loi de 1853, avec son
tableau de maximum décroissant qui constitue une sorte d'impôt
progressif.

Les prélèvements ou retenues sur les traitements ne peuvent donc
être soumis à un même taux : de cette inégalité dans les versements
découle l'obligation de créer des caisses spéciales de retraites pour
chaque grande catégorie de fonctionnaires ou employés.

2° *Les chances de mortalité qui feront bénéficier les caisses de tous les
versements et des intérêts composés, à une époque plus ou moins reculée.*

Ces chances de mortalité ne sont pas les mêmes pour les diverses
catégories de fonctionnaires, pour l'employé d'une administration
centrale, l'instituteur, le professeur, le magistrat, pour l'habitant des
grandes villes et le fonctionnaire qui réside dans la campagne.

D'après les tables de Henri Ratcliffe, la vie moyenne de l'employé
est de 36 ans 38 centièmes, tandis que celle du laboureur est de
47 ans 80 centièmes.

A ce point de vue encore, la nécessité de caisses spéciales, tenant
compte de ces différences dans leurs statuts, est évidente.

On s'occupera exclusivement, dans ce chapitre, de la caisse à créer
pour les fonctionnaires et employés des administrations centrales.

§ II.

CAISSE DE RETRAITES DES ADMINISTRATIONS CENTRALES.

1° *Recettes, ou dotation.*

Cette caisse s'alimenterait à l'aide des ressources suivantes :

A. Retenue de 5 pour 100, ou d'un vingtième, opérée sur chaque traitement, ou, ce qui serait préférable, sur la masse des traitements ;

B. Retenue de 10 pour 100 sur tout premier traitement annuel, sur toute augmentation de traitement et sur les gratifications ;

C. Retenues imposées par mesure disciplinaire ;

D. Capital formé par les retenues des employés qui viendraient à mourir ou à quitter l'administration avant 10 ans de service, et des employés révoqués en vertu d'une décision rendue dans les formes substantielles des jugements ;

E. Capital formé par les retenues de tous les fonctionnaires et employés sans exception, dont la pension ferait retour à la caisse et lui serait irrévocablement acquise 30 ans après leur décès.

F. Remboursement effectué par le Trésor public, en rentes sur l'État, des retenues opérées jusqu'à ce jour sur les traitements des fonctionnaires et employés en exercice, et des intérêts de ces retenues, sur le taux de 4 pour 100 par an. Ces rentes seraient inscrites au compte individuel de chaque employé en exercice à la date de l'abrogation de la loi du 9 juin 1853.

G. Produits des dons et legs qui pourraient être faits à la caisse.

H. Intérêt composé de toutes les recettes capitalisées à chaque trimestre au plus tard, et placées en valeurs de premier ordre, rente sur l'État, obligations des chemins de fer français ou du Crédit foncier, actions de la Banque.

2° *Évaluation des recettes.*

Quelques-unes de ces recettes réclament des explications.

A. B. C. *Retenues.* — Nous ne sommes pas éloigné de partager, sur le système des retenues, les idées exposées par M. Alfred de Courcy dans son *Étude sur les caisses de prévoyance* (pages 13, 93, 99, 190, 201). Ces prélèvements ne sont autre chose qu'une diminution du traitement nominal : ils autorisent les fonctionnaires à croire qu'on leur retient une partie de ce qu'on leur offre et qu'on ne leur paye pas ce qui leur est dû. Il n'y a, en effet, aucune corrélation entre les retenues et les pensions de retraite : la retenue n'est qu'une taxe sur le revenu professionnel.

Il paraît cependant impossible de supprimer, présentement au moins, cette perception. Mais on pourrait lui enlever une partie de ses inconvénients, en substituant à la retenue *individuelle* la retenue sur la *masse* des traitements. Les employés la supporteront d'ailleurs bien plus facilement lorsqu'ils auront l'assurance que toutes leurs retenues *sans exception* seront capitalisées à leur profit et formeront la base de leur pension de retraite.

Que le système actuel soit ou non maintenu, on pourra conserver, pour les administrations centrales, le taux fixé depuis longtemps, soit 5 pour 100, ou le vingtième des traitements annuels.

La retenue des premiers traitements et des augmentations de traitement est fixée au douzième par la loi du 9 juin 1853. Nous proposons de la porter au dizième. Ce prélèvement est accepté sans difficulté ; l'augmentation sera peu sensible, et elle facilitera des calculs qui, dans le système des comptes individuels arrêtés chaque année, seront inévitablement compliqués.

Les fonctionnaires, employés et gens de service des administrations centrales s'élevaient, en 1871, au nombre de 3,936. Leurs traitements étaient inscrits au budget pour une somme de 13,720,228 francs ; les fonds d'indemnités et secours étaient fixés à 316,900 francs. Le vingtième des traitements représente une somme annuelle de. . . . . 686,011 fr. 40 c.
Le dixième des premiers versements est généralement évalué au dixième de ce vingtième de la totalité des traitements, soit. . . . . 68,601 fr. 14 c.

Le chiffre total des versements ordinaires sera donc annuellement de. . . . . 754,612 fr. 54 c.

En ajoutant à ce chiffre les retenues opérées par mesure disciplinaire ou pendant les congés sans traitement, on arrive au chiffre approximatif de 800,000 francs. Tous ces versements, capitalisés dans le délai de trois mois au plus et placés en valeurs de premier ordre, seront portés au compte individuel de chaque employé, à qui on remettra un livret constatant, année par année, le compte de ses versements et de l'intérêt composé, calculé à raison de 4 1/2 pour 100.

Si l'on voulait arrêter, au bout de trente ans, le compte créditeur de ces retenues placées annuellement à intérêt composé au taux de 5 pour 100, que la caisse pourra aisément obtenir et dépasser, on trouverait, pour ce seul chapitre de recettes, un actif de 55,804,600 francs [1].

D. D'après les tables de mortalité de Deparcieux et Moivre, et celles de Montferrand, la proportion des décès pour les hommes de 25 à 35 ans est approximativement du vingtième du nombre total.

Le vingtième du personnel des administrations centrales disparaissant pendant la première période de dix années, la moyenne de la mortalité annuelle sera de $\frac{1}{20} \times 10 = \frac{1}{200}$. On peut donc évaluer approximativement les recettes annuelles de la caisse pour ce chapitre à un deux centième de l'annuité de toutes les retenues.

E. Sont également irrévocablement acquis à la caisse les comptes individuels de tous les employés retraités, après l'expiration d'un délai de 30 ans à compter de leur mort, délai pendant lequel les

---

[1] L'intérêt composé, au taux de 5 pour 100, double le capital en quatorze ans vingt et un jours. Des mathématiciens ont dressé en Angleterre et en France des tableaux numériques de l'intérêt composé à tous les taux. Les tables anglaises exigent des conversions de valeurs presque aussi longues que le calcul ordinaire des intérêts. Les tables françaises ne se trouvent plus dans le commerce. On croit donc devoir rappeler la formule fort simple du calcul de l'intérêt composé.

Soit un capital primitif c à placer à intérêt composé; — n l'unité de temps (mois ou années), t l'intérêt de 1 fr. pendant l'unité de temps, — C le capital définitif obtenu par le capital primitif ainsi placé, on aura la formule : $C = c (1 + t)^n$.

Pour calculer rapidement ces intérêts, il est indispensable de recourir aux logarithmes. — On signalera les tables logarithmiques publiées en 1867 par M. Fédor Thoman, réimprimées en partie dans la *Théorie mathématique des opérations financières*, de M. Hippolyte Charlon. Paris, Gauthier-Villars.

veuves, enfants, petits-enfants ou ascendants jouiront de la pension du défunt.

On n'a pas les données nécessaires pour établir présentement la durée moyenne de la vie de l'employé *retraité;* mais on croit pouvoir affirmer qu'elle n'excède point 10 ans. Au bout de 40 ans, toutes les pensions versées par la caisse seront donc *éteintes,* et tous les versements opérés par les employés, ainsi que les intérêts capitalisés et replacés pendant la durée de leurs fonctions, seront irrévocablement acquis à la masse avec les intérêts considérables qu'ils produiront.

On peut évaluer approximativement le chiffre énorme auquel s'élèverait ce seul chapitre de recettes au bout de 60 ou 80 ans, en se rappelant que l'intérêt composé au taux de 5 pour 100 double le capital en 14 ans 21 jours.

F. Remboursement effectué par l'État des retenues qu'il a opérées sur les traitements et de l'intérêt de ces versements. — On évaluera approximativement ce chapitre de recettes en multipliant les versements annuels des employés des administrations centrales, soit 800,000 francs, par le nombre moyen des années de service de ces employés en fonctions et en ajoutant au produit les intérêts de ces versements à raison de 4 pour 100 par an, et enfin en convertissant ce capital en rentes sur l'État au cours du jour.

On citera pour mémoire seulement le produit G, *Dons et legs,* qui pourrait cependant acquérir quelque importance.

Quant au chapitre H, formé par les intérêts composés de toutes les rentes capitalisées trimestriellement et placées de la manière la plus sûre et la plus productive, en obligations de chemins de fer, par exemple, on croit en avoir fait ressortir suffisamment l'importance.

3° *Dépenses de la caisse.*

La caisse aurait à servir des pensions à tous les fonctionnaires et employés des administrations centrales, qui prendront leur retraite postérieurement à la date de l'abrogation de la loi de 1853.

Tant que l'employé n'a pas 10 années révolues de service, on ne lui doit rien; de 10 à 20 ans de service, il a droit à une pension représentant l'intérêt composé de ses versements, sur un taux de 1,2 pour 100 au-dessous du taux moyen des placements opérés par la caisse.

Au delà de 20 ans de service, il reçoit, en outre, une bonification prélevée sur les bénéfices.

Les frais généraux de l'institution seront peu considérables et largement couverts par la différence entre le taux de l'intérêt réalisé et celui de l'intérêt crédité aux employés.

Le versement des retenues suffira donc à équilibrer les dépenses obligatoires de la caisse.

4° *Balance des recettes et des dépenses.*

Cette caisse de retraites se trouverait dans des conditions exceptionnellement favorables.

Elle recevrait ses versements régulièrement, sans frais ni contestation possible.

Elle ne servirait pour ces versements qu'un intérêt inférieur à celui qu'elle recevrait. La différence de taux serait d'au moins 1/2 pour 100, et ce bénéfice s'accroîtrait encore de la différence entre la capitalisation au taux *trimestriel* que la caisse effectuerait et la capitalisation au taux *annuel* dont elle tiendrait compte. Cette différence est d'environ $\frac{210}{329}$; si on capitalisait par mois, la différence serait de $\frac{100}{131}$.

Au bout d'une certaine période de temps, 40 ans au plus, *toutes les sommes versées* antérieurement, sans aucune exception, et *leurs intérêts composés*, seraient irrévocablement portés à l'actif.

Une semblable caisse réaliserait donc, sans courir aucun risque, des bénéfices énormes qui permettraient d'escompter l'avenir en toute sécurité, et de faire appel au crédit pour se procurer un fonds de roulement. On pourrait ainsi assurer aux employés présentement en fonctions une partie des avantages si considérables que l'institution réserverait à leurs successeurs.

On ne doit pas en effet perdre de vue que le remboursement immédiat en rentes sur l'État, des retenues et intérêts, causerait un dommage considérable aux employés en fonctions, si la caisse ne pouvait ajouter une bonification à leurs comptes individuels, en escomptant des bénéfices *futurs*, sans doute, mais absolument certains.

CHAPITRE SIXIÈME.

Dans les précédents chapitres, on s'est attaché à faire ressortir : — les inconvénients, pour ne pas dire les iniquités, de la loi du 9 juin 1853; — les avantages qu'assurait aux employés le décret du 4 juillet 1806, abrogé par cette loi; — la supériorité des systèmes adoptés par quelques établissements privés; — les combinaisons diverses que peuvent offrir pour les placements des retenues des employés les Caisses de retraites et d'assurances sur la vie; — la possibilité de créer et doter des caisses spéciales de retraites pour les fonctionnaires, sans aggraver les charges de l'État, — et en opérant même, dans un avenir assez rapproché, sa libération complète des dettes que la loi de 1853 lui a imposées.

Il ne reste plus qu'à résumer les principes fondamentaux d'un régime de pensions civiles établi sur ces données, et à les présenter sous forme de projet de loi.

§ Ier.

Les pensions de retraite pour les fonctionnaires de l'État, et spécialement pour le personnel des bureaux des administrations centrales, doivent reposer sur les bases suivantes :

1° La pension doit être proportionnelle à la durée et à l'importance des services.

Elle atteindra ce double but si elle est proportionnelle aux traitements dont le chiffre est fixé, ou doit être fixé, en raison de l'ancienneté des services et de l'importance de la fonction.

2° Les versements ou prélèvements destinés à constituer la pension doivent être obligatoires. L'esprit de prévoyance n'est pas encore assez général pour qu'on laisse aux employés la libre faculté d'assurer ou non leur avenir.

3° La pension doit profiter non-seulement à l'employé pendant sa vie, mais encore, dans la plus large proportion possible, à sa veuve, à ses enfants ou petits-enfants, ou à ses ascendants, pendant une période de temps assez longue pour que la famille n'ait plus un besoin impérieux de cette pension.

On pourra même trouver, ultérieurement au moins, des combinaisons qui permettront de constituer au profit des employés des rentes *perpétuelles,* ou de leur verser un *capital* au moment de leur retraite.

4° Aucune condition d'âge ni de service, — au delà d'une certaine limite, — ne doit être exigée pour la liquidation de la pension ; — mais jusqu'à 20 ans de service cette pension ne peut être que la rente produite par les versements de l'employé placés à intérêt composé.

5° Aucune pension n'est due lorsque l'employé est révoqué en vertu d'une décision prise dans les formes substantielles des jugements.

6° L'employé doit avoir dans la caisse des retraites un intérêt, représenté pour lui par un supplément de pension prélevé sur les bénéfices et proportionnel à son traitement. Il doit être en quelque sorte actionnaire de la caisse. — Du jour où il sera directement intéressé à voir le nombre des parties prenantes diminuer, il ne demandera pas incessamment de nouveaux collègues, qui viendraient réduire le chiffre éventuel de sa pension.

7° Les employés dont le traitement ne dépasse point une limite fixée par le règlement de la caisse auront la faculté de faire à la caisse des versements volontaires, soumis aux mêmes conditions que les versements obligatoires.

8° Chaque employé doit avoir son compte individuel transcrit chaque année sur un livret qui reste entre ses mains. L'expérience a démontré les heureux effets de ces livrets, qui, en grossissant chaque année, stimulent les titulaires au travail.

9° La caisse des retraites doit avoir une existence légale qui lui permette d'acquérir et d'aliéner, d'émettre des actions et des obligations. — Les opérations de cette caisse doivent être consignées chaque année dans un rapport, et portées à la connaissance de tous les participants.

10° Les employés doivent concourir par leurs représentants à la gestion de la caisse.

Le projet de loi suivant est rédigé d'après ces principes : il peut dès lors se passer de commentaires.

§ II.

PROJET DE LOI

SUR LES PENSIONS DES EMPLOYÉS DES ADMINISTRATIONS CENTRALES.

ARTICLE PREMIER.

Une caisse de retraites est créée pour les employés des administrations centrales.

ART. 2.

L'actif de cette caisse se composera :

1° D'une retenue individuelle, ou générale, de 5 pour 100 sur les sommes payées annuellement à titre de traitement fixe ou éventuel;

2° D'une retenue individuelle du dixième des mêmes traitements lors de la première nomination et du dixième de toute augmentation ultérieure;

3° Des retenues imposées par mesure disciplinaire;

4° Du capital formé par les retenues des employés qui viendraient à mourir ou à quitter l'administration avant 10 ans de service, et des employés révoqués en vertu d'une décision rendue dans les formes substantielles des jugements ;

5° Du capital formé par les retenues de tous les fonctionnaires et employés, dont la pension fera retour à la caisse 30 ans après leur mort;

6° Du remboursement opéré par le Trésor public, en capital ou en rente sur l'État, des retenues opérées jusqu'à la date de la présente loi sur les traitements des fonctionnaires et employés *en exercice* et des intérêts de ces retenues ;

7° Du produit des dons et legs qui pourront être faits à la caisse;

8° De l'intérêt composé de toutes les recettes capitalisées à chaque trimestre et placées en valeurs de premier ordre, déterminées comme il sera dit à l'article 8.

Art. 3.

Conformément au § 6 de l'article précédent, l'État remboursera à la caisse, en rentes sur l'État, les retenues opérées jusqu'à la date de la présente loi sur les traitements des fonctionnaires et employés en exercice à la même date, et les intérêts de ces retenues calculés sur le taux de 4 1/2 pour 100.

Ce versement sera inscrit aux comptes individuels des employés en fonctions pour le capital afférent à chaque compte, et constituera leur premier apport à la nouvelle caisse.

Le Trésor public reste chargé du payement de toutes les pensions liquidées à la date de la présente loi.

Il garantit, jusqu'au 31 décembre 1892, pour toutes les pensions à liquider, le minimum fixé par la loi du 9 juin 1853.

Art. 4.

Un compte individuel est ouvert par la caisse de retraites des administrations centrales à chacun des fonctionnaires et employés de ces administrations.

On inscrit à ce compte :

1° Toutes les retenues opérées sur son traitement;

2° Les versements volontaires qu'il pourra faire dans les limites posées par le règlement d'administration publique à prendre pour l'exécution de la présente loi;

3° Les intérêts de ces retenues et versements calculés au taux fixé par le même règlement sur le montant des sommes inscrites à chaque compte au 31 décembre de chaque année.

Ces comptes individuels sont transcrits sur des livrets remis aux fonctionnaires et employés. Pendant le mois de janvier de chaque année, on porte sur les livrets les opérations de l'année précédente.

Art. 5.

Le fonctionnaire ou employé non révoqué dans les formes sub-

stantielles des jugements, et qui a plus de deux années de service,
a un droit acquis à une pension de retraite.

Jusqu'à vingt ans de service, cette pension est égale à l'intérêt à
4 1/2 pour 100 des sommes portées au compte individuel de l'employé qui se retire, réglé à la date de son admission à la retraite.

A partir de vingt ans de service, un supplément de pension proportionnel aux versements est accordé aux retraités sur les bénéfices
de la caisse.

Le conseil d'administration organisé par l'article 7 règle, le 31 janvier
de chaque année, la quotité de ce supplément pour l'exercice courant.

Chaque pension reste invariablement fixée au chiffre de sa liquidation ; mais le conseil d'administration peut accorder, sur les bénéfices de la caisse, des allocations supplémentaires aux retraités qui
se trouvent dans le besoin, ou à leur famille, pendant le laps de
temps où elle a droit à la pension.

ART. 6.

La veuve non remariée et non séparée de biens, les enfants ou
petits-enfants, les ascendants de l'employé retraité, jouissent de la
pension accordée à leur mari, père, grand-père, fils ou petit-fils
prédécédé, pendant trente années, à compter du décès de cet employé.

Cette pension est reversible de plein droit d'une tête sur l'autre.

Le partage des arrérages s'opère entre les descendants ou les ascendants, conformément aux règles du Code civil sur les succes-
sions ; mais la caisse n'intervient en rien dans les partages et verse
toujours entre les mains du détenteur du livret.

Le droit à la pension n'existe pas pour la veuve, dans le cas de
séparation de corps prononcée sur la demande du mari.

ART. 7.

La caisse de retraites est administrée par un conseil formé :

1° Du plus ancien chef de service de chaque administration, et
de membres élus, pour six années, par tous les fonctionnaires et employés de chaque administration, proportionnellement à leur nombre,
mais dans la limite d'un à quatre délégués au plus, pour chaque
administration ou direction générale ;

2° Du directeur général de la Caisse des dépôts et consignations ;
3° D'un délégué du ministre des finances.

Le conseil d'administration élit son président, son vice-président, son secrétaire, les gérants chargés des détails du service et les censeurs chargés du contrôle. Le conseil se renouvelle par moitié tous les trois ans ; les titulaires sont indéfiniment rééligibles.

Art. 8.

Le conseil d'administration de la caisse des pensions de retraite peut conclure avec la Caisse des dépôts et consignations, la Caisse des retraites pour la vieillesse et d'assurances en cas de décès, organisées par l'État, avec les Compagnies privées d'assurances en cas de vie ou en cas de décès, tels traités qu'il juge convenable.

Ces traités doivent être approuvés par décrets délibérés en Conseil d'État.

Les modes de placement ou d'emploi de fonds qu'il aura la faculté de choisir sont réglés en la même forme.

Art. 9.

Le conseil d'administration peut faire appel au crédit public pour assurer à la caisse un fonds de roulement, et émettre des actions et des obligations dans les formes et conditions déterminées par le règlement à intervenir.

Art. 10.

La loi du 9 juin 1853 est abrogée en ce qui concerne les pensions civiles des employés des administrations centrales.

FIN.

TABLE DES MATIÈRES

www.ingramcontent.com/pod-product-compliance
Ingram Content Group UK Ltd.
Pitfield, Milton Keynes, MK11 3LW, UK
UKHW021001120726
13693UKWH00004B/1750